Anne Tavuk Anlatıyor

Christine Beigel

Hervé Le Goff

Annesini Arayan Bukalemun

Merhaba tüm inatçı keçilere!
Hem annemi, hem de tüylerimin birazını kaybettim,
ama asla kaybetmediğim bir şey var: Hikâyelerim.
Anne Tavuk

Anne Tavuk Anlatıyor

Christine Beigel

Hervé Le Goff

Annesini Arayan Bukalemun

Çeviri: Güçlü Özkök

1001 ÇİÇEK kitaplar

Uykudan önce kısa hikâyeler

– Hadi bakalım, hepiniz yatağa!
– Hayır, ben annemi istiyorum, anne tavuk!
– Evet, anne tavuk, annemiz ne zaman geliyor?
– Yarın, sevimli civcivler...
– Hayır, şimdi gelsin!
– Siz de bana bukalemunun yaptığını yapmayacaksınız herhalde! Dinleyin bakalım...

Hikâyemiz ormanda geçiyor.
Bukalemun annesiyle ormanda geziyor,
bir yandan da şarkı söylüyormuş:
– Kim korkar antiloptan, biz korkmayız antiloptan!
Ama annesinin ödü patlarmış antiloplardan.
Annesi havanın kararmakta olduğunu görünce:
– Haydi, artık eve dönelim, demiş.
– Hayır! Burada kalalım. Eğer gerçekten varsa, bir antilop görmek istiyorum...
– Saçmalama, demiş bukalemunun annesi ve yola koyulmuş ama yavrusunun peşinden gelmediğini görmemiş.

Başlarda bukalemun yalnız başına çok eğlenmiş.
Ama sonra, birden annesini özlediğini fark etmiş.
Bir an önce annesini bulmak istiyormuş.
Annesine seslenmiş.
– Anne?
Ama kimse cevap vermemiş.
– Ann-nneee?
Yine cevap yokmuş. Acaba annesini bulabilecek mi?
Yoksa annesinden çok mu uzaklaştı?
ANNNNNEEEE!

Oradaki de kim?

– **Mööö,** her şey yolunda mı ufaklık?
Her ne kadar bukalemunlar görünüşlerini çok rahat değiştirebilseler de, küçük bukalemunun içine bir kuşku düşmüş.
– Anne, sen misin?
– **Mööö,** eğer öyle diyorsan, evet.

Bukalemun ineğe inanmamış. Emin olmak için bir soru sormuş:
– Sen antiloplardan korkar mısın?
– Möbö, hayır!
– **Sen benim annem değilsin.**
Ayrıca benim annem **möoö** demez, bırak beni!

Ve inek uzaklaşmış, üzgün üzgün.

Blablabli blablabla... Bir dişi domuz çıkmış bukalemunun karşısına.
– Merhaba ufaklık, nerelerdeydin bakayım? Hadi gel annenin kucağına.
– Sen antiloptan korkar mısın? diye sormuş bukalemun.
– Hayır, ben kurttan korkarım.
Haydi gel, çamur banyosu saati geldi.
– Asla! **Sen benim annem değilsin!**
Annem sadece güneş banyosu yapar. Git buradan!

Sinirlenen anne domuz, koalanın kullandığı kötü sözlerden bazılarını söyleyip oradan uzaklaşmış.

Patati patata... İşte bir çita, evet bir çita.

– Artık eve dönelim mi, ufaklık?

– Sen... Sen antiloptan korkar mısın?

– Antilop mu, antiloba bayılırım, demiş çita ağzı sulanarak. Gel hadi beraber antilop kovalayalım.

– Asla, benim annem antilop kovalamaz.

İmdaaaat, ANNNEEEE!

– Sen bilirsin diye homurdanmış çita. Ve çekip gitmiş.

Ohhh!

Mamami mamama... Bukalemun yine kalmış yalnız başına.
Ama yalnızlığı uzun sürmemiş.
– Böyle ağlayıp sızlanan sen misin?
Sesin denizin dibinden bile duyuluyor.
– **Sen de kimsin?**
Benim annem yüzme bilmez, dahası senin gibi şişman da değil ve bahse girerim, sen antiloplardan korkmuyorsundur.
– Antilop mu! **Yoksa?**

Korkudan rengi yeşile dönen balina bayılıp kalmış.

Taritari taratata... İşte bir tilki.
Soluk soluğa gelmiş, balinaya bakmış ve...
– **Tüh!** Çok geç kaldım. Halbuki elimden geldiğince hızlı koşmuştum, demiş.
Dili dışarı o kadar çok sarkmış ki
bukalemun sonunda annesini bulduğunu zannetmiş.

Ama yine de emin olmak istiyormuş.
– Sen antiloplardan korkar mısın?
– Hayır.
– Salyalı öpücük verebilir misin?
– Tabii ki.
– Peki, havuçlu kek yapabilir misin?
– Neli kek?
– **Sen benim annem değilsin!**
"Balinaya bir şey yapamadım, ama seni bırakmayacağım,"
diye kendi kendine fısıldamış tilki.
Heh! Heh! He!

– **Yoo! Hayır!** Yoksa tilki bukalemunu...?
– Yemek mi? Tabii ki hayır.
Bu tilki bizim süper-süper-tilkiymiş.
– Herkese yardım eden tilki mi?
– Evet o. Süper-tilki bukalemunu alıp
onu çok merak eden annesinin yanına götürmüş.
Ah! Anne kucağından daha güzel bir yer var mı!

Sizi tembeller, her zaman her istediğinizi yapamazsınız.
Öyleyse civcivler, ben "yatağa" der demez...
– **Yatağa!**
– Hi! Hi! Hi!

Eğer sen de anneni özlediysen, Anne Tavuk'un başka hikâyeleri de var:

Ay'ı Söndürmek İsteyen İnek
Her Şeye Hayır Diyen Aslan
Okula Gitmek İstemeyen Zebra
Uyku Arkadaşını Arayan Ayı
Uykuya Dalamayan Koyun
Yatağını Islatan Kanarya
Annesini Arayan Bukalemun
Karnı Aç Boa Yılanı
Sudan Korkan Timsah
Banyo Yapmak İstemeyen Zürafa
Hıçkırık Tutan Su Aygırı
Hediyesini İsteyen Fare
Ayakları Üşüyen Penguen
Kötü Sözler Söyleyen Koala
Ünlü Olmak İsteyen Tembel Hayvan
Şekeri Çok Seven Kurt
Bitlenen Panda
Erken Kalkmayı Sevmeyen Kurbağa

Anneciğin geldiğinde, sen de onu sevindirebilirsin. Mesela sarılıp şöyle diyerek:
Annecik, bir tanecik annecik!
Annişkom, canım annişkom!

Anne kucağı,
uyku salıncağı!

BİNBİR ÇİÇEK KİTAPLAR
Yuva Mahallesi 3702. Sokak No: 4 Yenimahalle / Ankara
Tel: +90–312 396 01 11 Faks: +90–312 396 01 41
www.binbircicekkitaplar.com
Yayıncı Sertifika No: 12382
Matbaa Sertifika No: 26062

Kitabın özgün adı: Le Caméléon qui cherchait sa maman © Hachette Livre / Gautier-Languereau, 2016
Yazan: Christine Beigel, Resimleyen: Hervé Le Goff

Yayın hakları Akan Ajans aracılığıyla alınmıştır.

ISBN: 978-605-341-485-8

Ankara, 2018
2. Baskı

Çeviri : Güçlü Özkök
Yayına Hazırlık : N. Beyza Elgin, Boğaç Erkan
Sayfa Düzeni : Özlem Çiçek Öksüz
Kapak Uyarlama : Lodos Grup
Baskı : Salmat Basım Yayıncılık Ambalaj Sanayi Ltd. Şti.
Sebze Bahçeleri Cad. Arpacıoğlu İşhanı
No: 95/1 İskitler Ankara